AF370117

Vente des Vendredi 25 et Samedi 26 Novembre 1881,

HOTEL DROUOT, SALLE N° 3.

COLLECTION

DE

TABATIÈRES, MONTRES

CHATELAINES, ÉTUIS

Bijoux, Orfèvrerie

Matières précieuses, Miniatures

Bronzes, Porcelaines

EXPOSITION PUBLIQUE

Le Vendredi 25 Novembre 1881

De une heure à deux heures et demie

COMMISSAIRE-PRISEUR

Me Paul CHEVALLIER, Succ^r de M^e Ch. PILLET

10, RUE DE LA GRANGE-BATELIÈRE, 10

EXPERT

M. CHARLES MANNHEIM, 7, rue Saint-Georges.

CATALOGUE

DES

OBJETS D'ART

ET DE

CURIOSITÉ

TABATIÈRES ET BONBONNIÈRES EN OR ÉMAILLÉ ET AUTRES

MONTRES, CHATELAINES, ÉTUIS, BIJOUX

MATIÈRES PRÉCIEUSES, ORFÈVRERIE, MINIATURES

PORCELAINES DE CHINE ET DE SAXE

PENDULES LOUIS XVI

DONT LA VENTE AURA LIEU

HOTEL DROUOT, SALLE Nº 3

Les Vendredi 25 et Samedi 26 Novembre 1881

A deux heures et à sept heures et demie du soir.

COMMISSAIRE-PRISEUR

Mᵉ Paul CHEVALLIER, Succʳ de Mᵉ Charles PILLET

10, RUE DE LA GRANGE-BATELIÈRE

EXPERT

M. CHARLES MANNHEIM, 7, rue Saint-Georges,

Chez lesquels se trouve le présent catalogue.

EXPOSITION PUBLIQUE, le Vendredi 25 Novembre 1881,

De une heure à deux heures et demie.

CONDITIONS DE LA VENTE

Elle sera faite au comptant.

Les acquéreurs payeront, en sus des adjudications, *cinq pour cent* applicables aux frais.

L'exposition mettant le public à même de se rendre compte de l'état des objets, il ne sera admis aucune réclamation une fois l'adjudication prononcée.

ORDRE DES VACATIONS

Le Vendredi 25 Novembre 1881
à deux heures et demie.

Bijoux	37 à 147
Matières précieuses	148 à 157

Le même jour
à sept heures et demie du soir.

Orfèvrerie	158 à 221

Le Samedi 26 Novembre 1881
à deux heures.

Tabatières et bonbonnières	1 à 27
Montres et Châtelaines	28 à 46
Etuis	47 à 56
Miniatures	222 à 257
Porcelaines	258 à 272
Bronzes d'Ameublement	273 à 277

Paris. — Typ. PILLET et DUMOULIN, 5, rue des Grands-Augustins.

DÉSIGNATION DES OBJETS

TABATIÈRES ET BONBONNIÈRES

1 — Tabatière ovale en or guilloché et émaillé gros bleu avec montants et cordons décorés d'ornements et de fleurs en or sur fond d'émail gris perle. Le couvercle est orné d'une peinture sur émail, représentant une scène de Renaud et Armide, avec encadrement formé d'un rang de demi-perles. Époque Louis XVI.

2 — Boîte ovale du temps de Louis XVI en or de couleur ciselé et fond d'émail rouge. Le dessus est formé par une peinture sur émail représentant un sujet champêtre dans le goût de Boucher. Le fond d'émail rouge a été refait.

3 — Petite boîte de forme ovale à contours de style Louis XVI en or de couleur ciselé à rosaces et ornements.

4 — Bonbonnière ronde en poudre d'écaille grise incrustée de filets d'or et galonnée d'or gravé. Le dessus est orné d'une miniature en grisaille, jeux d'enfants. Époque Louis XVI.

5 — Bonbonnière ronde en poudre d'écaille grise. Le dessus est incrusté d'ornements et de fleurs en or et en argent, ainsi que d'une petite miniature à l'huile, portrait de jeune femme. Époque Louis XV.

6 — Boîte oblongue à fond noir incrustée de fleurs et d'ornements en or de couleurs. Elle est doublée et montée à charnière en or. Époque Louis XV.

7 — Boîte ronde en écaille incrustée d'or. Le dessus est orné d'une peinture sur émail, vase de fleurs. Époque Louis XVI.

8 — Boîte ronde en poudre d'écaille rouge incrustée d'or. Le dessus est orné d'une miniature en grisaille, paysage. Époque Louis XV.

9 — Boîte rectangulaire en ancienne porcelaine de Saxe, décorée de sujets militaires et montée à gorge à charnière en or gravé.

10 — Boîte carrée en émail de Saxe, décorée de médaillons de paysages et ports de mer avec personnages et encadrements dorés. Monture en argent doré. Époque Louis XV.

11 — Boîte carrée en porcelaine d'Allemagne décorée de paysages.

12-13 — Quatre boîtes en émail de Saxe, l'une d'elles montée en argent doré.

14 — Bonbonnière ronde en argent ciselé à figures et ornements dans le style du xvıᵉ siècle.

15 — Bonbonnière ronde de style Louis XV en argent repoussé à attributs de jardinage, fleurs et ornements.

16 — Boîte ronde en vernis de Martin à fond rouge. Le
dessus est décoré d'un sujet champêtre d'après Boucher.

17 — Boîte ronde en écaille. Le dessus est orné d'une
miniature en grisaille du temps de Louis XVI représentant une jeune femme entourée d'amours et tenant
un médaillon sur lequel on lit : Rien 100 l'amour et
l'amitié.

18 — Boîte ronde en écaille avec gorge en or. Le dessus
présente une miniature sur ivoire représentant Vénus
endormie et deux amours.

19 — Boîte ronde en écaille galonnée d'or. Le dessus est
orné d'une miniature sur ivoire, portrait de femme.

20 — Boîte ronde en écaille doublée en doublé d'or. Le
dessus est orné d'une miniature représentant un paysage avec figures.

21 — Boîte ronde en écaille avec gorge en or. Le dessus
est orné d'une miniature sur ivoire ; jeune fille assise
lisant une lettre.

22 — Boîte de forme contournée en or repoussé à fleurs et ornements rocaille. Le dessus et le fond sont garnis de plaques de caillou d'Égypte et le bec est enrichi de diamants, de rubis et d'émeraudes.

23 — Drageoir de forme contournée en cuivre gravé et doré. Le dessus est orné d'une plaque de lapis. Époque Louis XIV.

24 — Deux boîtes rondes, l'une en écaille ornée d'une miniature portrait de femme, l'autre en écaille blonde posée d'étoiles d'or et le dessus orné d'une miniature en grisaille.

25 — Boîte oblongue en écaille ciselée à paysages et figures de travail chinois. Elle est doublée en or.

26 — Grande boîte oblongue à angles arrondis en écaille noire à ornements en relief sur fond guilloché. La charnière et le bec sont en or. Époque Louis XV.

27 — Petite boîte oblongue en écaille incrustée de fleurs en or de couleurs. Même époque.

MONTRES ET CHATELAINES

28 — Châtelaine de style Louis XVI en or de couleur ciselé à fleurs, ornements et attributs et enrichie de pierres fines. La plaque supérieure est ornée d'une peinture sur émail et l'un des chaînons est garni d'un cachet formé d'un buste de négrillon en agate et pierres diverses.

29 — Châtelaine Louis XV en or émaillé blanc, bleu et noir et enrichie de deux rangs de pierres fines. Elle est garnie d'une clef et d'un cachet de même travail.

30 — Châtelaine de style Louis XVI en or émaillé, ornée de deux miniatures en grisaille encadrée chacune d'un rang de perles.

31 — Petite châtelaine en argent doré, ornée de deux portraits de femmes peints sur émail.

32 — Châtelaine ornée de deux peintures sur émail représentant des attributs de jardinage et reliées à l'aide de feuillages composés de demi-perles.

33 — Châtelaine en argent ciselé et doré, ornée de deux peintures anciennes sur émail représentant le triomphe d'Amphytrite.

34 — Châtelaine en argent ciselé garnie de grenats cabochons et enrichie d'un camée à deux couches, tête de femme.

35 — Deux châtelaines, l'une en acier poli, l'autre en cuivrre doé.

36 — Jolie montre plate en or pavée de demi-perles et de turquoises de la plus grande finesse d'exécution. Elle est accompagnée d'un crochet de même travail.

37 — Montre Louis XVI en or ciselé enrichie d'une rosace exécutée en roses de Hollande appliquée sur fond d'émail violet.

38 — Jolie montre Louis XVI en or émaillé enrichie de roses et offrant au fond une figure d'amour sous un arceau monumental exécuté en or de couleurs et se détachant sur un fond d'émail (bleu et rouge. La belière est ornée d'un diamant-table.

39 — Montre Louis XVI à répétition en or émaillé vert olive, enrichie de jargons et de feuillages émaillés bleu et vert.

40 — Petite montre Louis XVI à répétition en or émaillé à personnages et enrichie de feuillages en relief émaillés vert et de demi-perles.

41 — Autre montre Louis XVI en or de couleur ciselé. La cuvette est ornée d'une peinture sur émail représentant deux personnages vus à mi-corps et portant des costumes Louis XVI.

42 — Montre Louis XVI à double boîte en or. Le boîtier antérieur est enrichi d'un portrait de femme peint sur émail et entouré de jargons.

43 — Montre Louis XVI en or gravé à trophée d'instruments de musique, couronne de laurier et ornements.

44 — Montre en émail de Saxe décorée de fleurs sur fond blanc. Époque Louis XV.

45 — Petite montre de dame en or gravé avec rosace, exécutée en grenats et roses.

46 — Montre de forme sphérique en cristal de roche et argent doré. Travail moderne.

ÉTUIS

47 — Étui Louis XVI de forme ovale, en or guilloché et émaillé gros bleu, enrichi de médaillons, jeunes filles dans des paysages et attributs.

48 — Étui de même forme du temps de Louis XVI, en or de couleur ciselé à ornements et festons de lauriers. Il a été reémaillé rouge.

49 — Petit étui ovale du temps de Louis XVI, en or de couleurs ciselé à fleurs, feuillages et ornements. Les entre-deux sont unis.

50 — Étui Louis XVI de forme ovale et à côtes en or uni, avec cordons ciselés.

51 — Étui carré du temps de la Régence, en or ciselé et gravé à figures d'amours, fleurs et attributs.

52 — Étui cylindrique, genre vernis de Martin, décoré de jeux d'amours.

53 — Étui cylindrique en poudre d'écaille rosée incrustée de filets d'or et garni en or gravé et découpé. Époque Louis XVI.

54 — Petit étui Louis XV de forme contournée, en agate, monté en or, avec poussoir orné d'une rose.

55 — Étui cylindrique en porcelaine d'Allemagne, décoré
de fleurs et terminé à sa partie supérieure par un buste
de femme.

56 — Deux étuis cylindriques en écaille, l'un d'eux piqué
d'or et l'autre posé de feuillages d'or. Époque Louis XV.

BIJOUX

57 — Broche formée d'une peinture sur émail représentant un portrait de jeune fille avec entourage en or et
demi-perles. Cette pièce forme médaillon.

58 — Broche formée d'une agate herborisée montée en or
et entourée de perles.

59 — Broche formée d'un camée sur améthyste, tête de
femme et montée en or ciselé.

60 — Broche formée d'un camée sur agate orientale à
deux couches : buste de femme. Monture en or et demi-
perles.

61 — Broche formée d'une tête de Méduse gravée sur
topaze et montée en or, à filet d'émail noir et rang de
demi-perles.

62 — Broche ornée d'une intaille sur sardoine, avec monture en argent doré et émaillé.

63 — Broche en argent découpé à jour ornée de marcassites et d'améthystes.

64 — Broche formée d'une jolie miniature, fleurs et fruits,
attribuée à Redouté et montée en argent doré gravé à
fleurs sur fond oxydé.

65 — Porte-tablettes du temps de Louis XVI, en ivoire
garni en or ciselé et orné d'une miniature en grisaille,
jeux d'enfants.

66 — Porte-tablettes Louis XV, en nacre, garni en argent
et incrusté d'argent à fleurs et attributs.

67 — Nécessaire Louis XV en argent repoussé, garni de
plaques en aventurine de Venise.

68 — Autre nécessaire Louis XV en argent repoussé, à
fleurs et ornements rocaille.

69 — Flacon plat en verre avec bouchon en or. Époque
Louis XV.

70 — Navette en écaille incrustée de fleurs et d'ornements
en or de couleurs. Époque Louis XV.

71 — Médaillon formé d'une peinture en grisaille sur
émail et sur or représentant Flore et Zéphyr. Époque
Louis XVI.

72 — Médaillon rond orné d'une peinture sur émail représentant deux amours et entouré de roses.

73 — Médaillon ovale décoré d'une figurine d'amour émaillée sur fond de cristal imitant l'améthyste et entouré de petites perles.

74 — Médaillon de forme octogone allongé, orné d'une miniature en grisaille entourée de demi-perles et appliquée sur fond de verre bleu.

75 — Médaillon orné d'une miniature représentant une jeune fille et un amour avec entourage de feuillages enrichis de marcassites.

76 — Médaillon en or enrichi d'ornements émaillés rapportés et d'une miniature en grisaille : jeux d'amours.

77 — Médaillon ovale orné d'une peinture sur émail, jeux d'enfants, entourée de demi-perles.

78 — Bijou pendentif formé d'une plaque de cristal ornée d'ornements decoupés et émaillés rapportés. Il est suspendu à trois chaînettes retenues par une tête de satyre en argent doré et émaillé.

79 — Bracelet oriental en or garni de petites pièces de monnaie.

80 — Petite croix Louis XIII en argent, enrichie de roses.

81 — Flacon de poche en ancienne porcelaine d'Allemagne décorée de fleurs.

82 — Flacon en biscuit de Wedgwood, à figures blanches sur fond bleu. Il est monté en argent.

83 — Deux pièces : œuf en émail de Saxe décoré de fleurs
et monté en argent doré, et flacon en verre aventuriné
de Venise, garni en argent.

84 — Bague marquise du temps de Louis XVI, avec
branche de fleurs exécutée en roses se détachant sur
verre bleu et entourage de roses.

85 — Bague marquise en or avec brillant et ornements
en roses se détachant sur verre violet. Travail moderne.

86 — Quatre bagues de style Louis XVI en or, avec miniatures entourées de demi-perles et de roses.

87 — Trois bagues anciennes, l'une avec chiffre en o r
découpé, la seconde enrichie de diamants, et la troi ·
sième en forme de cœur entouré de roses.

88 — Médaillon orné d'une miniature, portrait de femme
avec entourage en or découpé et monture en argent et
stras. Travail moderne.

89 — Médaillon et deux pendants d'oreilles formés d'un
cœur en verre bleu avec monture en argent doré et
pendilles ornées de stras et offrant à leur centre une
miniature ovale en largeur : eux d'enfants. Travail
moderne.

90 — Médaillon ovale en hauteur, en stras. Il renferme
une miniature en grisaille : jeux d'enfants.

91 — Médaillon ovale orné d'une miniature, sujet pastoral, avec monture en argent à fleurettes dorées et entre-deux de stras.

92 — Deux pendants d'oreilles en or et émeraudes. Travail espagnol.

93 — Collier formé de chaînettes à maillons en argent taillés à facettes et enrichi de six petits médaillons ronds décorés d'enfants peints en grisaille sur fond rose.

94 — Collier en argent doré et émaillé, enrichi de pierreries et de demi-perles.

95 — Collier en argent avec branches de fleurs, pendeloques et chaînons incrustés de topazes. Travail portugais.

96 — Broche de même travail que la pièce qui précède.

97-98 — Cinq boucles en stras, variées de formes et de dimensions.

99 — Deux grandes boucles en argent, l'une d'elles à taille diamantée.

100 — Boucle de ceinturon en argent ornée de deux miniatures en grisaille.

101 — Deux petites boucles en argent garnies de topazes. Travail portugais.

102 — Collier composé de fleurs et d'une plaque avec pendeloque, exécutés en stras et coques de perles.

103 — Breloque formée de sept cachets en lapis, jaspe et agate, avec monture en or. Époque Louis XVI.

104 — Manche d'ombrelle en argent doré et émaillé, à feuillages verts et flèches noires, avec pomme en améthyste.

105 — Autre manche d'ombrelle en argent doré enrichi de pierreries.

106 — Croix avec coulant en forme de cœur, le tout en or,

107 — Autre croix en filigrane d'argent.

108-112 — Cinq croix en argent enrichies de pierreries. Elles seront vendues séparément.

113 — Grosse mouche formant boîte, en argent doré, parée de turquoises et de demi-perles.

114 — Deux pendants d'oreilles en or découpé, enrichis de diamants et de perles baroques.

115 — Deux pendants d'oreilles en or et stras.

116 — Demi-parure composée d'une plaque de corsage et de deux boucles d'oreilles en stras avec monture en argent et ornées de pendeloques.

117-119 — Trois paires de boucles d'oreilles en stras avec monture en argent. Ce lot sera divisé.

120-122 — Trois plaques de corsages de même travail, deux sont enrichies de coques de perles. Ce lot sera divisé.

123 — Diadème en argent garni de faux brillants.

124 — Petite broche en argent à rosaces ciselées et enrichie de roses.

125 — Broche en forme de rosace avec pendilles en argent émaillé et garnie de pierres diverses et de demi-perles.

126 — Broche en argent doré émaillé à froid et enrichie de grenats et de turquoises.

127 — Broche ronde ornée d'un portrait de femme peint sur émail, avec entourage de demi-perles et pierreries.

128 — Autre broche formée d'un émail rond peint en grisaille sur fond rose et représentant des jeux d'enfants.

129 — Deux peignes en argent et stras.

130 — Médaillon ovale en argent, verre bleu et marcassites.

131 — Deux boucles en stras et argent, l'une carrée, l'autre arrondie.

132 — Grande broche avec pendant en argent émaillé noir, enrichie de pierreries, de festons de perles et d'un camée sur améthyste.

133 — Médaillon en forme d'étoile, en stras avec miniature en grisaille au centre.

134 — Deux portraits de femmes peints sur émail avec montures en argent.

135 — Broche en stras composée d'entrelacs et montée en argent.

136 — Chapelet en cristal de roche et argent.

137 — Grande boucle d'acier à pointes taillées à facettes.

138 — Deux pendants d'oreilles ornés de miniatures en grisaille avec monture en argent doré et pierreries.

139 — Épingle de coiffure et plaque cintrée en stras.

140 — Deux pendants, l'un d'eux formant broche.

141 — Cachet formé d'une tête égyptienne en corail montée sur une gaîne en argent.

142 — Épingle de cravate formée d'un camée tête de Socrate avec monture en or.

143 — Deux couteaux à dessert à manches en poudre d'écaille marbrée garnis en or. L'un d'eux a une lame d'argent.

144 — Couteau et fourchette à manches en bois sculpté
composés de diverses figures représentant la Charité et
la Justice. xviie siècle. Gaîne armoriée en peau de
requin.

145 — Couteau et fourchette à manches d'ivoire sculpté
représentant un Souverain et une Souveraine debout
dont les couronnes sont incrustrées d'ambre. Dans
leur gaîne en cuir. xviie siècle.

146 — Deux pièces : Couteau à manche de nacre et d'or
et fourchette pliante à manche garni en argent.

147 — Petit brûle-parfums en bronze doré du Tonkin à
branchages en relief et couvercle découpé à jour surmonté d'une chimère assise.

MATIÈRES PRÉCIEUSES

148 — Cristal de roche. — Coupe en forme de fleur avec
poisson et feuillages en relief. Travail chinois.

149 — Cristal de roche. — Divinité chinoise debout.
Même travail.

150 — Cristal de roche. — Petite coupe décorée de guirlandes de fruits et de fleurs gravées en creux et montée
sur pied à trois consoles en argent doré. Travail euro-
péen.

151 — Cristal de roche rosé. — Petite coupe en forme de fleur. Travail chinois.

152 — Jade gris verdâtre. — Théière en forme de vase aplati à ornements gravés en relief et à anse et goulot pris dans la masse. Travail chinois.

153 — Jade de même nuance. — Petit groupe composé d'une Divinité assise sur un rocher. Travail chinois.

154 — Cristal de roche. — Petite coupe oblongue à fleurs gravées en relief. — Travail chinois.

155 — Cristal de roche enfumé. — Cachet en forme de vase quadrangulaire.

156 — Manganèse rose de Russie. — Deux petites coupes rondes sur bases carrées.

157 — Manganèse rose de Russie. — Deux flambeaux à tiges à côtes en spirale, garnis en bronze doré.

ORFÈVRERIE

158 — Écuelle Louis XVI avec plateau en vermeil; le bouton du couvercle est formé d'une branche de roses.

159 — Légumier en argent à deux anses et à couvercle surmonté d'une pomme de pin. Époque Louis XVI.

160 — Porte-huilier Louis XVI en argent; sa base ovale

décorée d'ornements gravés et la tige centrale est formée d'une colonnette cannelée.

161 — Écuelle à deux anses et à contours en argent. Travail allemand du xvIIIe siècle.

162 — Encrier en forme de coupe ovale allongée à deux
anses double serpent et à couvercle surmonté d'une
graine ciselée. Orfévrerie anglaise du temps de
Louis XVI.

163 — Porte-huilier du temps de la Régence de forme
ovale en argent gravé à ornements et portant des ar-
moiries.

164 — Saucière avec plateau en argent ciselé à ornements
rocaille au bord et décorée de guirlandes de laurier
gravées.

165 — Trépied pour sucrier en argent formé de trois montants ciselés se terminant par des bustes de femmes.
Travail du temps de l'Empire.

166 — Porte-huilier Louis XV en argent à galeries dé-
coupées à jour.

167 — Grande cafetière en argent battu à côtes en spirale
et à trois pieds cintrés ciselés. Travail hollandais.

168 — Théière de forme surbaissée et de travail ana-
logue.

169 — Cafetière en argent à côtes en spirale. Travail français du temps de Louis XV.

170 — Cafetière en argent à côtes en spirale et contournées avec manche en bois. Travail allemand du temps de Louis XV.

171 — Cafetière en argent décorée de branches de fleur et de laurier en relief.

172 — Réchaud en argent à ornements découpés à jour et à trois poignées de bois.

173 — Autre réchaud en argent avec manche en bois noir.

174 — Six dessous de carafe en argent à côtes et à bords godronnés. Époque Louis XVI.

175 — Petite cafetière de style Louis XV en argent ciselé et gravé et à manche d'ivoire.

176 — Petite cafetière de forme surbaissée à côtes en spirale. Manche en bois noir.

177 — Petite cafetière en argent de style Louis XIV décorée d'ornements gravés et à manche droit en bois noir.

178 — Moutardier en forme de vase à une anse en argent gravé. Époque Louis XIV.

179 — Cafetière ou burette en argent à côtes en spirale. Travail allemand du xviiie siècle.

181 — Quatre salières et un moutardier en argent à guirlandes de feuillages ciselés et intérieur en verre bleu. Travail hollandais du temps de Louis XVI.

182 — Deux salières et un moutardier de même travail orné de guirlandes de lauriers.

183-184 — Trois moutardiers en argent du temps de Louis XVI à décors variés. Ils seront vendus séparément.

185 — Deux salières rondes en argent à pieds ornés de mufles de lion avec intérieurs en verre bleu.

186 — Deux bouts de table et un moutardier en argent de style Louis XVI ornés de mascarons et de festons de feuillages.

187 — Deux salières ovales en argent découpé à jour avec intérieurs en verre bleu.

188 — Grand sucrier ovale en argent uni avec rangs de perles.

189 — Encrier en forme de coupe ovale à couvercle en argent à feuillages et fleurs en relief. Travail allemand.

190 — Pot à crême en argent à côtes en spirale et à manche en bois noir.

191 — Deux flambeaux de forme octogone en argent uni. Travail français du temps de la Régence.

192 — Deux grands flambeaux à côtes en argent. Travail allemand.

193 — Plat rond et profond à contours et bords godronnés.

194 — Plat rond à contours du temps de Louis XV.

195 — Moutardier en forme de vase à anse et à couvercle bombé en argent. Travail hollandais.

196 — Deux salières oblongues à angles coupés en argent de style Louis XIV. Elles sont dorées à l'intérieur.

197 — Moutardier en argent du temps de l'Empire avec intérieur en verre bleu.

198 — Pot à crème en argent à côtes en spirale avec poignée en bois noir. Style Louis XV.

199 — Plat en argent repoussé à sujet tiré de l'histoire de Joseph et bordure de fruits. Travail moderne.

200 — Petit encrier Louis XVI à deux anses en argent à festons de laurier gravés. Le couvercle est moderne.

201 — Sucrier en forme de coupe avec support porte-cuillers au centre. Travail allemand.

202 — Petite coupe ronde en argent repoussé à fleurs, rinceaux et oiseaux. Travail allemand du xviiie siècle.

203 — Coupe allongée sur pied élevé en argent doré ciselé à ornements rocaille. Mêmes travail et époque.

204 — Gobelet à pans sur pied élevé en argent doré. Mêmes travail et époque.

205 — Gobelet à couvercle en argent gravé à festons de fleurs. Travail allemand.

206 — Gobelet en argent gravé à fleurs et ornements. Travail français du temps de la Régence.

207 — Petit pot à bière en argent. Travail anglais.

208 — Deux petites coupes à vin à deux anses en argent.

209 — Tasse avec soucoupe en argent émaillé. Travail moderne.

210 — Passe-thé en argent gravé, doré et niellé en forme de seau décoré de figures et de vases de fleurs. Travail russe.

211 — Couteau à papier en argent à lame gravée et repercée à jour et à manche ciselé à sujets de chasse.

212 — Pince à sucre formée d'une cigogne en argent avec emblème de la famille à l'intérieur. Travail moderne.

213 — Petite pipe en filigrane d'argent.

214 — Six porte-tasses et un plateau en filigrane d'argent. Travail oriental.

215 — Six autres porte-tasses en filigrane d'argent.

216 — Brûle-parfums en forme de vase surbaissé à couvercle en argent repoussé à fleurs et oiseaux et repercé à jour. Travail oriental.

217 — Deux porte-bouquets en filigrane d'argent. Travail chinois.

218 — Autre porte-bouquet en filigrane d'argent rehaussé de parties émaillées. Travail chinois.

219 — Encrier de poche en argent dans sa boîte en galuchat.

220 — Six petits couteaux et six fourchettes à manches en argent. Dans un étui en peau de chagrin du XVIIIe siècle.

221 — Pied de coupe en argent orné d'une statuette de femme.

MINIATURES

222 — Miniature ovale sur ivoire. — Portrait de jeune femme en costume Louis XVI. Cadre en bronze doré,

223 — Miniature ronde sur ivoire. — Portrait de femme portant un costume à crevés bleus et un large chapeau à plume. — Cadre en bronze doré.

224 — Miniature ronde sur ivoire. — Jeune femme tenant un livre. — Cadre en cuivre et tablette de velours bleu.

225 — Petite miniature ovale sur ivoire. — Portrait de jeune fille en costume rose et tenant des fleurs. Elle est montée dans un médaillon en or avec parquet de cheveux au revers.

226 — Miniature ovale sur ivoire. — Portrait de jeune femme portant une robe violette, un fichu blanc et une haute coiffure. — Cadre en cuivre doré repercé à jour.

227 — Miniature ronde sur ivoire. — Portrait de jeune fille en corsage bleu et le sein découvert. — Cadre en cuivre et tablette de velours grenat.

228 — Miniature ronde sur ivoire. — Portrait de femme en corsage bleu. — Cadre en cuivre et tablette de velours grenat.

229 — Miniature ovale sur ivoire. — Portrait de femme vêtue de blanc et portant une large ceinture violette. — Cadre en cuivre doré à rubans.

230 — Miniature rond sur ivoire. — Portrait de femme vêtue de bleu et tenant un bouquet de fleurs. — Cadre en or gravé.

231 — Petite miniature ovale sur ivoire. — Portrait de
jeune femme vêtue d'un corsage vert et portant un
chapeau de paille. — Cadre en cuivre gravé et doré.

232 — Miniature ovale sur ivoire signée Kanz. — Portrait de jeune femme, le sein gauche découvert.

233 — Miniature rectangulaire. — Portrait de femme en
costume Louis XV. — Cadre en or gravé.

234 — Miniature ovale sur ivoire. — Portrait de femme
vêtue de blanc et d'un manteau bleu. — Cadre en
cuivre doré.

235 — Miniature ovale sur ivoire. — Portrait de femme
vêtue de blanc. — Cadre en argent gravé et doré.

236 — Miniature ovale et gouachée d'après Greuze. —
Portrait de jeune fille. — Cadre en cuivre doré.

237 — Miniature carrée et gouachée signée F. Leblond. —
Portrait de femme. — Cadre en cuivre.

238 — Miniature ovale sur ivoire. — Portrait de femme
vêtue d'un costume blanc avec manches bleues. — Cadre en cuivre doré.

239 — Petite miniature ovale sur ivoire. — Portrait de
jeune fille, le sein gauche découvert.

240-241 — Quatre miniatures. — Portraits de femmes.
— Ce lot sera divisé.

242 — Miniature rectangulaire d'après Boucher. — Sujet champêtre.

243 — Miniature ronde. — Scène d'intérieur.— Portraits de quatre personnages, tous en costumes Louis XVI. Cadre en cuivre ciselé.

244 — Miniature rectangulaire sur ivoire. — Scène d'intérieur ; les personnages sont vêtus de costumes Louis XVI. — Cadre en cuivre doré à perles.

245 — Miniature ronde sur ivoire. — Sujet champêtre dans le goût de Boucher. — Cadre en cuivre.

246 — Miniature ronde sur ivoire. — Jupiter et Io. — Cadre en bronze à perles et rubans.

247 — Miniature ronde sur ivoire. — L'enlèvement d'Europe. — Cadre en bois noir.

248 — Miniature ronde sur ivoire. — Enlèvement de Proserpine par Pluton. — Cadre en cuivre et tablette de velours bleu.

249 — Miniature ronde sur ivoire. — Groupe de deux figures dans un intérieur de style antique. — Cadre en bronze à perles et rubans.

250 — Miniature gouachée rectangulaire. — Scène de camp. — Dans un cadre du temps de Louis XIV en bois sculpté et doré.

251 — Miniature rectangulaire sur vélin. — Nature morte. — Tablette de velours grenat.

252 — Miniature ovale. — Groupe de soldats devant un cabaret. — Tablette de velours grenat.

253 — Miniature oblongue à angles coupés. — Réunion dans un parc. — Cadre en cuivre doré percé à jour.

254 — Deux miniatures rectangulaires. — Vue de la place Vendôme et combat contre les Turcs. — Cadre en cuivre doré.

255 — Miniature rectangulaire en hauteur. — Scène d'intérieur. — Cadre en cuivre doré à perles.

256 — Deux miniatures en grisaille. — Triomphe d'Amphitrite et guerrier assis près d'un monument. — Cadre en cuivre.

257 — Deux pièces : fixé ovale représentant un paysage et miniature ronde, port de mer.

PORCELAINES DE CHINE
ET AUTRES

258 — Deux grands et beaux vases en forme de balustre et à gorge haute évasée en ancienne porcelaine de Chine, décorés de fleurs et d'oiseaux en émaux de la famille verte.

259 — Deux vases analogues à ceux qui précèdent, mais plus petits.

260 — Groupe en ancienne porcelaine de Saxe composé de deux figures d'enfants, d'un chien et d'un vase. Ce dernier à branches de fleurs en relief et décoré d'insectes.

261 — Petit groupe en ancienne porcelaine de Saxe composé de deux figures sur socle rocaille.

262 — Petit mouton debout en porcelaine de Saxe.

263 — Statuette en ancienne porcelaine de Saxe, jeune femme debout avec perroquet.

264-267 — Onze statuettes en porcelaine de Saxe ; ce lot sera divisé.

268 — Une cafetière et quatre tasses sans anses avec soucoupes en ancienne porcelaine de Saxe décorées de fleurs en camaïeu carmin.

269 — Tasse avec soucoupe décorée de sujets chinois en camaïeu.

270 — Tasse avec soucoupe en porcelaine de Saxe décorée de fleurs.

271 — Sucrier avec couvercle en vieux Sèvres pâte tendre décoré de fleurs en camaïeu bleu.

272 — Vingt-quatre fourchettes et vingt-quatre couteaux en argent à manches en ancienne porcelaine de Saxe, décorés de fleurs.

BRONZES D'AMEUBLEMENT

273 — Jolie petite pendule du temps de Louis XV en bronze ciselé et doré, modèle rocaille à guirlande de fleurs et surmontée d'un dragon.

274 — Petite pendule Louis XVI en bronze et marbre ornée sur les côtés de deux colonnettes.

275 — Pendule Louis XVI en bronze doré au mat et marbre blanc ornée de trois figurines.

276 — Petite pendule-borne en marbre blanc et marbre griotte surmontée d'une figurine de femme assise. Époque Louis XVI.

277 — Deux girandoles de style Louis XV, modèle rocaille à quatre lumières.

RED. :

20

BIBLIOTHEQUE NATIONALE DE FRANCE

****

CHATEAU DE SABLE

1996